幼兒全語文 階梯故事 系列

爸爸回家了

袁妙霞 著
野人 繪

園丁文化

熊爸爸下班回家，看見家裏亂七八糟的。

熊爸爸問：「這是誰的帽子？」
小熊說：「是哥哥的。」

熊爸爸問：「這是誰的圍巾？」
小熊說：「是姐姐的。」

熊爸爸問：「這是誰的手套？」
小熊說：「是弟弟的。」

熊爸爸問：「這是誰的禮物？」

小熊説：「是爸爸的。」

「祝你生日快樂，祝你生日快樂……」

導讀活動

 提問

進行方法：

❶ 讀故事前，請伴讀者把故事先看一遍。
❷ 引導孩子觀察圖畫，透過提問和孩子本身的生活經驗，幫助孩子猜測故事的發展和結局。
❸ 利用重複句式的特點，引導孩子閱讀故事及猜測情節。如有需要，伴讀者可以給予協助。
❹ 最後，請孩子把故事從頭到尾讀一遍。

封面

1. 熊爸爸手上拿着什麼東西？你猜他從哪裏回來呢？
2. 說說爸爸下班回家，你會怎樣歡迎他。
3. 請把書名讀一遍。

P2

1. 爸爸下班回家，看見家裏有什麼不妥當的地方？
2. 你猜這是誰弄的？

P3

1. 熊爸爸拿着什麼東西？你猜他問小熊什麼？小熊怎樣回答？
2. 沙發上還有什麼東西？

P4

1. 熊爸爸拿着什麼東西？你猜他問小熊什麼？小熊怎樣回答？
2. 沙發上還有兩樣東西，你認為哪一樣本來就應該在沙發上的？

P5

1. 熊爸爸拿着什麼東西？你猜他問小熊什麼？小熊怎樣回答？
2. 你猜熊爸爸有多少個孩子？（提示：留意牆上的照片。）

P6

1. 熊爸爸拿着什麼東西？你在什麼時候會收到禮物呢？
2. 你猜他問小熊什麼？問的時候熊爸爸高興嗎？

P7

1. 你猜小熊怎樣回答？
2. 你猜為什麼會有一份禮物呢？

P8

1. 你猜對了嗎？熊媽媽拿着什麼東西？今天是什麼日子？
2. 熊爸爸高興嗎？為什麼？

9

知識點 **帽子的種類**

厚帽子	太陽帽	安全帽

可以保暖	可以遮擋陽光	可以保護頭部

冬天的衣物

冬天天氣冷，衣服的質料都比較厚。冬天時，我們還會戴上帽子、圍巾、手套來保暖。

 養成好習慣 **用完的東西要放好**

家裏每樣物件，都有它自己的位置。因此，我們玩完的玩具要放好，看完的圖書要放好，用完的東西也要放好。

字卡

❶ 把字卡全部排列出來，伴讀者讀出字詞，請孩子選出相應的字卡。
❷ 請孩子自行選出多張字卡，讀出字詞並口頭造句。

請沿虛線剪出字卡。

下班	看見	亂七八糟
誰	帽子	圍巾
手套	禮物	祝福
生日快樂	弟弟	姐姐

幼兒全語文階梯故事系列
第2級（初階篇）

《爸爸回家了》

©園丁文化

幼兒全語文階梯故事系列
第2級（初階篇）

《爸爸回家了》

©園丁文化

幼兒全語文階梯故事系列
第2級（初階篇）

《爸爸回家了》

©園丁文化

幼兒全語文階梯故事系列
第2級（初階篇）

《爸爸回家了》

©園丁文化

幼兒全語文階梯故事系列
第2級（初階篇）

《爸爸回家了》

©園丁文化

幼兒全語文階梯故事系列
第2級（初階篇）

《爸爸回家了》

©園丁文化

幼兒全語文階梯故事系列
第2級（初階篇）

《爸爸回家了》

©園丁文化

幼兒全語文階梯故事系列
第2級（初階篇）

《爸爸回家了》

©園丁文化

幼兒全語文階梯故事系列
第2級（初階篇）

《爸爸回家了》

©園丁文化

幼兒全語文階梯故事系列
第2級（初階篇）

《爸爸回家了》

©園丁文化

幼兒全語文階梯故事系列
第2級（初階篇）

《爸爸回家了》

©園丁文化

幼兒全語文階梯故事系列
第2級（初階篇）

《爸爸回家了》

©園丁文化